# GLOIRE

# A MARIE.

—

# MÊME LIBRAIRIE.

—

**Gloire à Marie!** Recueil de nouveaux Cantiques; MU-SIQUE par HERMANN. Un beau vol. grand in-18.

**Amour à Jésus-Christ!** Recueil de **40** Cantiques, Hymnes et Motets dédiés à la divine Eucharistie, pour l'adoration perpétuelle du Saint-Sacrement; MUSIQUE par HERMANN. 4 livraisons, formant ensemble un beau volume.

Corbeil. — Imprimerie de CRÉTE.

# GLOIRE

# A MARIE !

## RECUEIL DE NOUVEAUX CANTIQUES

DÉDIÉS A SON

IMMACULÉE CONCEPTION.

PAROLES DE * * *

MISES EN MUSIQUE A DEUX ET TROIS VOIX

AVEC ACCOMPAGNEMENT

D'ORGUE OU DE PIANO

PAR

# HERMANN

*PAROLES SEULES*

Se vend au profit d'une Œuvre de Charité.

## PERISSE FRÈRES, LIBRAIRES-ÉDITEURS,

| **PARIS** | **LYON** |
|---|---|
| NOUVELLE MAISON | ANCIENNE MAISON |
| **RUE DU PETIT-BOURBON, 18** | **GRANDE RUE MERCIÈRE, 33** |
| ANGLE DE LA PLACE St-SULPICE. | ET RUE CENTRALE, 68. |

**1851**

# APPROBATION.

MARIE-DOMINIQUE-AUGUSTE SIBOUR, par la miséricorde
divine et la grâce du Saint-Siége Apostolique, ARCHEVÊQUE
DE PARIS ;

Nous avons approuvé et approuvons par les présentes un
Recueil de Cantiques ayant pour titre : GLOIRE A MARIE !

L'auteur de ces Cantiques s'est presque partout pieuse-
ment inspiré de la sainte Écriture.

DONNÉ à PARIS, sous le seing de notre Vicaire général, le
sceau de nos armes et le contre-seing du Secrétaire général
de notre Archevêché , le PREMIER MAI MIL HUIT CENT QUA-
RANTE-NEUF.

L. SIBOUR, Vicaire général.

Par mandement de Monseigneur l'Archevêque de Paris,

COQUAND, Chanoine-Secrétaire.

# PROPRIÉTÉ.

—

Cet ouvrage étant **PROPRIÉTÉ**, il est interdit d'en reproduire soit
les paroles, soit la musique.

# DÉDICACE.

-----

Daignez, ô très-Sainte et Immaculée Vierge, accepter avec indulgence ce premier tribut d'une âme qui doit sa régénération à votre miséricordieuse sollicitude! Permettez à un nouveau serviteur de déposer à vos pieds sacrés ces petites feuilles de Mai, que la reconnaissance a fait éclore; premier fleuron d'une couronne de louanges, de bénédictions et d'actions de grâces qu'il voudrait essayer de vous offrir : trop faible hommage d'un cœur que vous avez tiré d'un abîme sans fond, pour lui procurer les immenses grâces de la Rédemption !

O ma bonne Mère ! que ne vous dois-je pas !

Étoile du Matin, vous m'avez apparu dans la nuit obscure où je m'étais égaré...

Salut des infirmes, vous avez fortifié mes pas chancelants !

Refuge des pécheurs, vous m'avez ouvert un asile dans votre Cœur immaculé !

Vierge puissante, vous avez été terrible à mes ennemis, comme une armée rangée en bataille : vous avez écrasé le serpent qui me rongeait le cœur et me donnait continuellement la mort.

Que vous rendrai-je pour tant de bienfaits, ô Cause de toute ma joie ?

Les Anges, dont vous êtes l'auguste Reine, vous chantent éternellement des hymnes de gloire et d'amour ; au milieu de ces concerts magnifiques, daignerez-vous prêter l'oreille à la voix hésitante d'un nouveau-né parmi les enfants de la grâce, qui, novice encore dans cette langue céleste, essaye de bégayer vos louanges ?

O Vierge si clémente ! veuillez suppléer à ma faiblesse ; faites que ces chants puissent entretenir dans les cœurs dévoués à votre amour cette ferveur qui vous est si agréable, et ajouter un nouveau trophée à la gloire de votre saint Nom !

AINSI SOIT-IL.

Mai 1849.

## — 1 —

# Cantique d'Ouverture.

### I

Salut à toi ! Mois heureux de Marie ;
Mois bien-aimé, salut à ton retour !
Il ne rappelle à notre âme attendrie
Que souvenirs de bienfaits et d'amour...

CHOEUR.

Salut à toi, etc.

### II

C'est toi qui viens embellir la nature,
La fleur des champs, et l'arbre des forêts ;
C'est toi qui sais nous prêter leur parure
Pour célébrer Marie et ses bienfaits.

Salut à toi, etc.

### III

Je vois déjà le lis de la vallée
Se revêtir de sa douce blancheur,
Et ton enfant, ô Vierge immaculée,
Y reconnaît l'emblème de ton cœur.
Salut à toi, etc.

### IV

Je poserai cette tige nouvelle
Sur ton front pur, Mère du saint amour ;
Puis, y joignant, des roses la plus belle,
Je t'offrirai ces tributs chaque jour.
Salut à toi, etc.

### V

Anges bénis, témoins de ma promesse,
Près de ma Mère allez porter mes vœux ;
A vos ardeurs j'unirai ma tendresse,
Et mes accents aux cantiques des Cieux.
Salut à toi, etc.

### VI

Enfants de Dieu, chantez, fêtez Marie,
Pendant ce mois si cher à votre amour ;

A la bénir que votre voix convie
Les champs, les bois, les échos d'alentour.
Salut à toi, etc.

## VII

Mais le temps fuit, et le mois de ma Mère
Va s'écouler, trop rapide en son cours...
Puisse en mon cœur, sa trace passagère
Laisser des fruits qui demeurent toujours !

Salut à toi ! Mois heureux de Marie ;
Mois bien-aimé, salut à ton retour !
Il ne rappelle à notre âme attendrie
Que souvenirs de bienfaits et d'amour ..

# Saint nom de Marie.

## I

Anges heureux !
Portez nos vœux
Aux pieds sacrés de *Marie* !
Que nos accords
A vos transports
Unissent leur harmonie.

## II

D'un nom chéri,
Toujours béni,
Du nom si pur de *Marie*,
Que le refrain,
Répète au loin
La céleste mélodie !

### III

Qui dit ce nom,
D'un doux pardon
Reçoit l'heureuse assurance ;
Toujours au cœur,
Plein de douleur,
Il apporte l'espérance.

### IV

O nom si doux !
L'enfer jaloux
Craint à jamais ta puissance ;
Mais ta douceur
A notre cœur
Ne révèle que clémence.

### V

Pauvre orphelin !
Dès le matin,
Dis : *Marie !* à ta prière,
Bientôt ton cœur
Avec bonheur
Va retrouver une mère...

### VI

Cœurs abattus,
Ne pleurez plus !

*Marie* étanche les larmes ;
Son tendre nom
A l'heureux don
D'y faire goûter des charmes.

## VII

Nom plein d'amour,
Au dernier jour,
Sois encor mon espérance !
Qu'en défaillant,
Mon cœur mourant
Sente ta douce influence !

# Mater Dolorosa.

## I

Aux douleurs d'une aimable Mère,
A son sublime amour,
Qu'un dévoûment tendre et sincère
Offre un tribut en ce jour !

### Chœur.

O Mère incomparable !
Je t'ai coûté des pleurs...
Permets qu'un cœur coupable
Console tes douleurs !

## II

Pourquoi te présenter au temple, (1)

(1) Et cum inducerent puerum Jesum parentes ejus, ut facerent secundum consuetudinem legis pro eo. S. Luc, 2-27.

Mère de l'Éternel ?
Le ciel muet, en toi contemple
Le chef-d'œuvre d'Israël !

O Mère incomparable ! etc.


## III

Saint vieillard, pourquoi d'une Mère (1)
Transperces-tu le cœur ?
Pourquoi, par un arrêt sévère,
Lui présager le malheur ?

O Mère incomparable ! etc.


## IV

Elle a commencé la carrière
D'angoisses, de combats !
Mais  de la généreuse Mère,
La vertu ne faiblit pas.

O Mère incomparable ! etc.


## V

Déjà s'accomplit la sentence,

(1) Et benedixit illis Simeon : et dixit ad Mariam matrem ejus:
Ecce positus est hic in ruinam, et in resurrectionem multorum in
Israël ; et in signum cui contradicetur : et tuam ipsius animam per-
transibit gladius.  S. Luc. 2, 34, 35.

O Marie ! Il faut fuir... (1) .

Si tu ne sauves l'innocence,

Ton tendre Fils va périr !

O Mère incomparable !,etc.


# VI

Mais bientôt, Mère courageuse,

T'atteint un nouveau trait :

A ta vigilance amoureuse

Jésus trois jours se soustrait ! (2)

O Mère incomparable ! etc.  .


# VII

Quel spectacle à ton âme aimante,

Plus tard, est présenté !

Sous le faix d'une croix pesante,

(1) Ecce angelus Domini apparuit in somnis Joseph, dicens : Surge, et accipe puerum et matrem ejus, et fuge in Ægyptum, et esto ibi usque dum dicam tibi. Futurum est enim ut Herodes quærat puerum ad perdendum eum. S. Matt. 2-13.

(2) Consummatisque diebus, cum redirent, remansit puer Jesus in Jerusalem, et non cognoverunt parentes ejus. Existimantes autem illum esse in comitatu, venerunt iter diei, et requirebant eum inter cognatos et notos.

Et non invenientes, regressi sunt in Jerusalem, requirentes eum.

Et factum est, post triduum invenerunt illum in templo. S. Luc. 2, 43, 44, 45, 46.

Le Dieu de gloire est tombé !

O Mère incomparable ! etc.


## VIII

Contemplons notre auguste Mère,
    Près de son Fils mourant ! (1)
C'est ainsi que l'amour adhère
Au plus pénible tourment.

    O Mère incomparable ! etc.


## IX

Sur ce théâtre de souffrance,
    Que nos cœurs attendris
Admirent tous dans le silence
    La Mère et le divin Fils !

    O Mère incomparable ! etc.


## X

Ce Fils, rempli de tant de charmes,
    O Marie ! Il n'est plus !...


1) Stabant autem juxta crucem Jesu mater ejus, et soror matris ejus Maria Cleophæ.  S. JOAN. 19-25.

A ton cœur déchiré d'alarmes
   Ses membres froids sont rendus !
  O Mère incomparable ! etc.

## XI

L'immortel, privé de la vie,
   Est mis dans le cercueil... (1)
O terre, pleure avec Marie !
  O Cieux, couvrez-vous de deuil !

  O Mère incomparable !
  Je t'ai coûté des pleurs...
  Permets qu'un cœur coupable
  Console tes douleurs !

(1) Et depositum involvit sindone, et posuit cum in monumento excisso, in quo nondum quisquam positus fuerat.  S. Luc, 23-53.

— 4 —

# Mater Intemerata.


**I**

O fleur chérie! (1)
Révèle à notre cœur,
Qui t'a bénie
Avec tant de douceur !
A peine épanouie,
L'Eternel t'a choisie ;
Et ta blancheur
Reflète sa splendeur !


**II**

De la nature,
Le chef-d'œuvre et l'amour,

(1) Et egredietur virga de radice Jesse, et flos de radice ejus ascendet.  S. Luc. 11–1.

Quelle main pure

T'arrosa chaque jour ?

Dans la fraîche vallée, (1)

Quels doux soins t'ont gardée,

Des noirs autans

Et des rayons brûlants ?


## III

Nulle souillure (2)

N'altéra tes attraits ;

Nulle blessure

Ne t'atteignit jamais ;

La divine *rosée*

Sur ta tige sacrée (3)

Vient reposer,

Et sut te féconder !


## IV

Sur cette tige,

Quel germe précieux

Par un prodige

S'est abaissé des Cieux !...


(1) Ego flos campi, et lilium convallium.  CANT. 2-1.

(2) Tota pulchra es, amica mea, et macula non est in te. CANT. 4-7.

(3) Spiritus sanctus superveniet in te, et virtus Altissimi obumbrabit tibi. S. Luc. 1-35.

A ta blancheur sans tache (1)
Doucement il s'attache,
  Pour l'embellir,
Sans jamais la flétrir.


## V

  Ombre, figure,
Trop longtemps c'est voiler
  La vierge pure
Que tu veux révéler...
O la plus tendre mère,
Partout qu'on te révère!
  Que tous les cœurs
Exaltent tes grandeurs!


(1) Ecce virgo concipiet, et pariet filium, etc.  Is. 7-14.

# Mater Salvatoris.

## I

*Aux saules de l'exil ne suspends plus ta lyre !* (1)
O Fille de Juda ! reprends tes chants d'amour !
*De la captivité le Seigneur te retire...* (2)
Exalte ses bienfaits par l'hymne du retour ! (*bis*)

## II

Israël affligé calme enfin tes alarmes ;
Chère et triste Sion, ne verse plus de pleurs...

(1)  In salicibus in  medio ejus suspendimus organa nostra.
Ps. 136, 2.
(2) Quia ecce salvabo  te de terra longinqua, et semen tuum de
terra captivitatis eorum : et revertetur Jacob.  Jér. 50-10.

*Le prince de la paix* vient essuyer tes larmes... (1)

Il va faire cesser tes longs jours de malheurs ! (*bis*)


## III

*Les Cieux se sont ouverts.... la divine rosée,* (2)

Qu'appelaient ton amour, tes soupirs et tes vœux,

S'abaisse, et réjouit la terre désolée...

Les ombres ont fait place à l'astre radieux. (*bis*)


## IV

Un prophète avait dit qu'*une Vierge* bénie,

La gloire de Sion et l'honneur d'Israël,

*Enfanterait un fils* qui serait le Messie, (3)

Fruit de l'esprit d'amour, don précieux du Ciel. (*bis*)


## V

Cette auguste promesse enfin est accomplie ;

*Une terre* sacrée *a germé le Sauveur;* (4)

Et ton sein virginal, ô divine Marie,

Apporte à l'univers le salut, le bonheur ! (*bis*)


(1) Princeps pacis. Is. 9-6.

(2) Rorate, cœli, desuper, et nubes pluant justum. Is. 45-8.

(3) Ecce Virgo concipiet, et pariet filium, et vocabitur nomen ejus Emmanuel. Is. 7-14.

(4) Aperiatur terra, et germinet salvatorem. Is. 45-8.

## VI

Hommage, honneur à toi, Vierge pure et féconde,
Espoir des jours anciens, et gloire de nos jours !
O Vierge saluée à l'aurore du monde,
Et que de siècle en siècle on bénira toujours ! (*bis*)

# Causa nostræ lætitiæ.

## 1

*Peuples ! soyez dans l'allégresse !* (1)
Ne vous souvenez plus de vos jours de douleur.
Du Dieu de Sion, la tendresse
A fait lever sur nous l'aurore du bonheur.

### CHOEUR.

Respect, amour, gloire à Marie !
*Cause de notre joie,* et mère du Sauveur ;
. A l'exalter, consacrons notre vie ;
A la chérir, consacrons notre cœur !

(1) Omnes gentes, plaudite manibus : Jubilate Deo in voce exul-
tationis. **Ps.** 2.

## II

*La solitude est réjouie* ; (1)

Comme un lis embaumé, *le désert a fleuri* ;

Et sur cette terre bénie,

*La gloire du Liban au loin a rejailli.* (2)

Respect, amour, etc.

## III

*Les faibles brebis dispersées,* (3)

Ont enfin dépouillé leur crainte, leur terreur

L'amour les a toutes pressées

Sur les pas fortunés du fidèle *Pasteur.*

Respect, amour etc.

## IV

Une ère de bonheur commence !

La Vierge de Juda, qu'appelait tant de vœux,

Se montre à la terre en souffrance,

Comme l'arc, autrefois, apparut dans les cieux !

Respect, amour etc.

(1) Lætabitur deserta et invia, et exultabit solitudo, et florebit quasi lilium. Is. 35-1.

(2) Gloria Libani data est ei. Is. 35-2.

(3) Quia hæc dicit Dominus Deus : Ecce ego ipse requiram oves meas, et visitabo eas. Sicut visitat pastor gregem suum, in die quando fuerit in medio ovium suarum dissipatarum: sic visitabo oves meas, et liberabo eas de omnibus locis in quibus dispersæ fuerant in die nubis et caliginis. Ez. 34-11, 12.

## V

Sur cette Vierge toujours pure
Le Ciel a reflété son sourire d'amour ;
Et, prodige dans la nature,
Au Fils de l'Éternel elle a donné le jour !
Respect, amour etc.

*Peuples ! soyez dans l'allégresse !*
Ne vous souvenez plus de vos jours de douleur.
Du Dieu de Sion la tendresse
A fait lever sur nous l'aurore du bonheur.

# Vas insigne Devotionis.

## I

Vase azuré,

Vase sacré,

Combien ta couleur est pure !

En te formant,

Quel doigt puissant

A  surpassé  la  nature ?

## II

Ton baume exquis

Sait des soucis

Calmer l'angoisse cruelle ;

Coule sur nous,

Parfum si doux,

Toi, que ta vertu décèle.

### III

A t'embellir,

A t'enrichir,

Le Ciel mit sa complaisance;

De son amour,

Au premier jour,

Tu ressentis l'influence.


### IV

Il te choisit;

Il te bénit;

Il te remplit de sa grâce;

Et tes attraits

De ses bienfaits

Révèlent l'heureuse trace.


### V

Quel doux pinceau

T'orna d'un sceau

Resplendissant d'âge en âge ?

Amour divin !

Ah ! de ta main

Qui ne reconnaît l'ouvrage ?

## VI

De l'Éternel,

Vase immortel,

Tu portes la vive image !

Que notre cœur,

Avec bonheur

Te rende à jamais hommage....

⟶ **8** ⟵

# Refugium Peccatorum.

## I

Entends, Marie, une âme repentante,
Pleurer, hélas! ses fautes, ses malheurs!
Ouvre, au retour d'une brebis errante,
Ton cœur sacré, *Refuge des Pécheurs!*

**CHOEUR.**

Oh! viens, Marie,
Viens essuyer mes pleurs;
Vierge bénie
*Refuge des Pécheurs!*

## II

De ton amour instruit dès mon enfance,
J'avais juré de te donner mon cœur;

Le lien comptait sur ma reconnaissance....
Pardonne-moi, *Refuge du Pécheur !*

Oh ! viens, Marie, etc.


### III

J'ai pu tromper l'attente de ma Mère,
Et j'ai blessé de Dieu même le cœur !
Ce Dieu d'amour, l'aurais-je encor pour Père
Sans ton secours, *Refuge du Pécheur ?*

Oh ! viens, Marie, etc,


### IV

Le noir enfer, pour expier mes crimes,
Me préparait déjà ses feux vengeurs ;
Un cri d'amour a fermé ces abimes,
Et c'est ta voix, *Refuge des Pécheurs !*

Oh ! viens, Marie, etc.


### V

Des faux plaisirs voulant goûter les charmes,
J'abandonnai les solides douceurs ;
Mais je n'appris qu'à répandre des larmes ..
Viens les sécher, *Refuge des Pécheurs !*

Oh ! viens, Marie, etc.

## VI

*O cœurs brisés,* venez tous à Marie !
Là vous attend l'espoir consolateur ;
Là sont offerts le pardon et la vie ;
*L'amour est là pour sauver le Pécheur !*

Oh ! viens, Marie,
Viens essuyer mes pleurs ;
Vierge bénie,
*Refuge des pécheurs !*

# 9

# Mater Amabilis.

## I

A ton enfant, permets, tendre Marie,
De raconter tes *aimables* vertus ;
Peut-il se taire, ô ma Mère chérie !
Quand tous les cœurs t'offrent leurs doux tributs ?
Partout l'amour me retrace ma Mère,
Et ses vertus, et leur charme puissant !
L'azur des cieux, le parfum d'un parterre,
Tout la rappelle au cœur de son enfant...

## II

L'humble muguet me peint sa modestie ;
*Le lis des champs*, sa céleste candeur (1) ;
Dans chaque fleur mon amour lit : *Marie,*

(1) Ego flos campi, et lilium convallium. Cant. 2-1.

Ce nom si doux, imprimé dans mon cœur !
Une onde pure, un beau ciel sans nuage,
*L'astre des nuits*, qui fuit l'éclat du jour (1)
Tout est pour moi de ma Mère l'image,
Et cette image augmente mon amour !

### III

Petit oiseau, j'ai contemplé ta Mère
Te préparant un innocent berceau ;
A son amour la tâche était légère,
Pour une Mère il n'est point de fardeau...
Oh ! que touchante est cette ressemblance !
Qui dans les Cieux me prépare un séjour ?
C'est toi, Marie, ô ma douce espérance,
Dont les douleurs ont égalé l'amour...

### IV

Faible poussin, retiré sous cette aile, (2)
Que te présente un maternel amour,
Tu dors en paix ; le plus généreux zèle
Te défendra de l'aigle et du vautour ! ..
Le Dieu clément qui créa la nature, (3)

(1) ... pulchra ut luna. Cant. 6, 9.

(2) .... quemadmodum gallina congregat pullos suos sub alas. S. Matt. 23-37.

(3) Respicite volatilia cœli, quoniam non serunt, neque metunt, neque congregant in horrea : et Pater vester cœlestis pascit illa. Matt. 6-26.

Qui te donna ce bienfaisant abri,
Te destinait chaque jour ta pâture,
Et t'assurait dans ta Mère un appui...


## V

Près d'une Mère, encore, agneau timide,
Du loup cruel tu ne crains plus la dent ;
L'amour est là, pour te servir d'égide,
L'amour suffit à ton cœur confiant...
Faible, impuissant, moi seul suis-je sans mère,
Pour me garder des piéges du méchant ?
Non ! non !... Marie, au regard tutélaire,
Veille toujours sur son heureux enfant...


## VI

Du haut des Cieux, cette Vierge bénie
Suit tous mes pas, protége tous mes jours ;
Et, sur les flots d'une mer en furie,
Son bras puissant me protége toujours !
Ah ! qu'il est doux d'être enfant de Marie...
De reposer sur son sein maternel !...
On n'y sent plus les peines de la vie...
On y commence un bonheur éternel !...

# Notre-Dame-des-Victoires.

### CHOEUR.

A la Mère de Dieu, louange ! amour ! honneur !
De l'antique *serpent elle a brisé la tête*..... (1)
    Chantons, célébrons sa conquête !
Que les siècles futurs exaltent sa grandeur ! } *bis.*

### I

Dans l'Éden, autrefois, notre trop faible mère,
*Goûtant au fruit* de mort, causa tous nos malheurs... (2)
    Mais Marie apparaît, apportant à la terre
Le fruit béni des Cieux, vrai baume à nos douleurs !

    A la Mère de Dieu, etc.

(1) Ipsa conteret caput tuum. GEN. 3-15.
(2) Vidit igitur mulier quod bonum esset lignum ad vescendum, et pulchrum oculis, aspectuque delectabile : et tulit de fructu illius, et comedit ; deditque viri suo, qui comedit. Et aperti sunt oculi amborum. GEN. 3-6, 7.

## II

*La vertu du Très-haut la revét* et l'anime, (1)
L'enfer qu'elle a vaincu redoute sa grandeur ;
Et dans les profondeurs de l'éternel abîme
L'écho seul de son nom va porter la terreur !...

A la Mère de Dieu, etc.

## III

Lucifer, devant elle, a perdu sa puissance...
Enfin la *femme forte* a su le désarmer !...... (2)
Il fuit, en frémissant, son auguste présence,
Et dans son antre obscur on l'entend blasphémer !...

A la Mère de Dieu, etc.

## IV

Ce glorieux triomphe a passé d'âge en âge,
Et Marie à l'enfer a toujours commandé...
Sa prière puissante est l'assuré présage
Du secours, du bienfait par son cœur demandé.

A la Mère de Dieu, etc.

## V

Mais nous, faibles mortels, dont la vertu timide
A l'heure du combat est près de défaillir,

(1) Et virtus Altissimi obumbrabit tibi.  Luc. 1-35.
(2) Mulierem fortem quis inveniet ?  Prov. 31-10.

De Marie, appelons la bienfaisante égide,
Et bientôt, son amour viendra nous secourir !...
        A la Mère de Dieu, etc.


## VI

Au *sanctuaire auguste,* où de nombreux trophées
Attestent le pouvoir et l'amour de son cœur,
Portons toujours nos vœux, et de nos destinées
Marie assurera la paix et le bonheur !

A la Mère de Dieu, louange ! amour ! honneur !
De l'antique *serpent, elle a brisé la tête.....*
        Chantons, célébrons sa conquête !          } *bis.*
Que les siècles futurs exaltent sa grandeur !

# Virgo fidelis.

Vierge fidèle ! (*bis*) — Une voix seule.

CHŒUR.

Vierge fidèle !
Mon cœur t'appelle
A son secours,
Toujours ! (*bis*)
De ma prière,
O tendre Mère,
Entends l'accent
Brûlant ! (*bis*)

I

Dès l'enfance, je te contemple,
O Vierge pure d'Israël !
Offrant sous les parvis du Temple
Ton âme chaste à l'Éternel !

Vierge fidèle ! etc.

## II

Comme la plante printanière
Qui se soustrait à l'aquilon,
De même ta fraîcheur première
S'abrite à *l'ombre du vallon.* (1)

Vierge fidèle ! etc.

## III

Comme la colombe timide,
Qui toujours cherche à se cacher,
Tu fuis d'un vol chaste et rapide
Dans le *creux du sacré Rocher.* (2)

Vierge fidèle ! etc.

## IV

Dans le silence et la prière,
Coulent en paix tes premiers ans ;
Et le Ciel envie à la terre
Ton amour, tes soupirs ardents !

Vierge fidèle ! etc.

(1) Ego flos campi, et lilium convallium. Cant. 2-1.
(2) Columba mea in foraminibus petræ, in caverna maceriæ.
Cant. 2-14.

## V

Enfin, la *fleur de la vallée*
A retrouvé son sol natal ;
Mais la main qui l'a transplantée
Lui garde l'éclat virginal !

Vierge fidèle ! etc.

## VI

*O Tige* si pure et si belle, (1)
Pourrais-tu jamais te flétrir !...
Non, ta fraîcheur est immortelle,
Et le Ciel doit seul te cueillir !...

Vierge fidèle !
Mon cœur t'appelle
A son secours,
· Toujours ! (*bis*)
De ma prière,
O tendre Mère,
Entends l'accent
Brûlant ! (*bis*)

(1) Et egredietur virga de radice Jesse, et flos de radice eju ascendet. Et requiescet super eum Spiritus Domini.   Is. 11-1, 2.

# Consolatrix Afflictorum.

## I

Venez, ô vous, qui répandez des larmes,
A cet autel, confier vos douleurs.....
On y ressent de délicieux charmes, *(bis)*
*Un cœur de mère y sait tarir les pleurs !*

## II

Timide enfant, égaré sur la terre ;
Que le berceau déjà vit orphelin...
Viens à Marie, elle sera ta mère.....
*Marie est là pour te donner la main !*

## III

A ton matin rose déjà flétrie,
Ne pleure pas ta fragile beauté...

Effeuille-toi sur le cœur de Marie.....
*Tu renaîtras à l'immortalité!!*

## IV

Elle n'est plus, cette fille chérie,
Objet d'amour, doux espoir de bonheur!
Mère affligée, ah! va trouver Marie.....
*Marie est mère, elle entendra ton cœur!*

## V

O toi, captif, qui sous le poids des chaines,
Traine des jours tristes et languissants,
Viens à Marie, elle adoucit les peines,
*Elle est l'appui de tous les cœurs souffrants.*

## VI

Infortuné, privé de la lumière,
Pourquoi tes yeux se mouillent-ils de pleurs?
Marie est là, pour ouvrir ta paupière,
*Et te montrer les célestes douceurs!*

## VII

Venez! venez! vous qui versez des larmes,
Près de Marie épancher vos douleurs.....
Elle a pour vous un baume plein de charmes,
*Qui sait calmer et dilater les cœurs!*

# Stella Maris.

## I

Sur le vaste océan du monde,
Oh ! combien d'écueils dangereux !
Cette mer, hélas ! est féconde
En naufrages trop malheureux... .

CHŒUR.

Astre des mers ! douce Marie,
Apparais toujours à mes yeux...
Ma barque à tes soins se confie,
Garde-la des flots orageux ! *bis*.

## II

Ma faible main trop inhabile
Contre la force du courant,

Dans cette lutte difficile
A besoin d'un secours puissant...

Astre des mers ! etc.


## III

Souvent, ma fragile nacelle
Menace, hélas ! de naufrager...
Souvent ce frêle esquif chancelle;
Qui le sauvera du danger ?...

Astre des mers ! etc.


## IV

Déjà s'est formé le nuage,
Effroi du pauvre marinier;
J'entends déjà gronder l'orage...
Il va périr le nautonnier !...

Astre des mers ! etc.


## V

Le fier aquilon se déchaîne...
La mer mugit... funeste sort !
Ma perte, ô Marie ! est certaine,
Si tu ne me conduis au port.....

Astre des mers ! etc.

## VI

Mille fois heureux le voyage
Dont l'*Étoile* a guidé le cours !
Par elle on atteint le rivage,
Et le cœur la bénit toujours ! !

Astre des mers ! douce Marie,
Apparais toujours à mes yeux....
Ma barque à tes soins se confie,
Garde-la des flots orageux ! (*bis.*)

— 14 —

# Regina Angelorum.

### CHŒUR.

De l'auguste Reine des Anges
Chantons aujourd'hui les grandeurs !
Mêlons notre amour, nos louanges,
Aux accords des célestes chœurs !

## I

*Quelle est cette brillante aurore*
*Qui se lève avec majesté ?* (1)
Devant l'éclat qui la décore,
L'astre du jour est sans beauté...

De l'auguste Reine, etc.

(1) Quæ est ista, quæ progreditur quasi aurora consurgens?...
CANT. 6-9.

4.

## II

*Ouvrez-vous, portes éternelles...* (1)
Prosternez-vous, céleste cour !
Séraphins, portez sur vos ailes
La sainte Mère de l'amour.

De l'auguste Reine, etc.

## III

Elle a franchi l'heureux portique
Du divin séjour des Élus ;
Déjà retentit le cantique
De ses innombrables vertus.

De l'auguste Reine, etc.

## IV

Courbés devant leur Souveraine,
Déjà les Esprits bienheureux
Couronnent le front de leur Reine
Des lis et des roses des Cieux.

De l'auguste Reine des Anges
Chantons aujourd'hui les grandeurs !
Mêlons notre amour, nos louanges,
Aux accords des célestes chœurs !

(1) Attollite portas.... et elevamini portæ æternales....
Ps. 23. 7.

# Serment à Marie.

## I

*Je l'ai juré!* j'appartiens à Marie......
Après Jésus elle est tout mon amour !
A l'honorer, je consacre ma vie ;
Je l'aimerai jusqu'à mon dernier jour.

### CHOEUR.

*Je l'ai juré!* (bis)
C'est pour la vie...
Mon serment est sacré...
J'appartiens à Marie !

## II

*Je l'ai juré!* comme ma tendre mère,
Je te fuirai, vain plaisir, faux honneur ;

De tes attraits la douceur mensongère
Ne trompera jamais mon faible cœur !

   *Je l'ai juré !* (bis)

## III

*Je l'ai juré !* Seigneur ! tes tabernacles
Seront toujours ma force et mon secours !
Toujours Marie y goûta tes oracles...
Ils seront seuls ma joie et mes amours !

   *Je l'ai juré !* (bis

## IV

*Je l'ai juré !* le luxe, la parure
N'aura pour moi nul attrait séduisant;
A ton école, ô Vierge la plus pure !
J'irai chercher le seul charme puissant...

   *Je l'ai juré !* (bis)

## V

*Je l'ai juré !* de mon aimable Mère
Je graverai les doux traits dans mon cœur...
A retracer une image si chère
Mon tendre amour mettra tout son bonheur !

   *Je l'ai juré !* (bis)

## VI

*Je l'ai juré!* de ta voix, ô Marie !
Je chérirai la céleste douceur ;
Sur tes leçons je réglerai ma vie ;
Sur tes vertus je formerai mon cœur...

    *Je l'ai juré !* (bis)

## VII

*Je l'ai juré!* dans ce doux sanctuaire
Chaque printemps me verra de retour...
Mon cœur, pressé d'y fêter une mère,
Y redira ses cantiques d'amour !

    *Je l'ai juré!* (bis)
    C'est pour la vie...
    Mon serment est sacré...
    J'appartiens à Marie !

# Regina sine labe concepta.

## I

*Elle est toute belle, Marie !* (ter) (1)
Épouse de l'esprit d'amour,
Elle entra pure dans la vie,
Et fut pure à son dernier jour !
*Elle est toute belle, Marie !* etc.

## II

*Elle est toute belle, Marie !* (ter)]
Sur son front se peint la pudeur !
Et de ses yeux la modestie
Révèle sa douce candeur !
*Elle est toute belle, Marie !* etc.

## III

*Elle est toute belle, Marie !* (ter)

(1) Tota pulchra es, amica mea, et macula non est in te. Cant. 4-7.

Jamais le serpent infernal (1)
N'osa de son âme bénie
Altérer l'éclat virginal !
*Elle est toute belle, Marie !* etc.

## IV

*Elle est toute belle, Marie !* (ter)
Le lis n'atteint pas sa blancheur.....
Aucun souffle ne l'a ternie ;
Le Ciel se reflète en son cœur !
*Elle est toute belle, Marie !* etc.

## V

*Elle est toute belle, Marie !* (ter)
Près d'elle, il n'est plus de beauté !
Elle est l'image réfléchie
De l'adorable Trinité ! !...
*Elle est toute belle, Marie !* etc.

## VI

A toi, *toute belle Marie !* (ter)
Doux sourire du Créateur...
A toi, tous les jours de la vie,
Respect, louange, amour, honneur !!
*Elle est toute belle, Marie !* etc.

(1) Ipsa conteret caput tuum. GEN. 3. 15.

# Virgo Prædicanda.

## I

Que votre voix, siècles, publie
Les nombreux bienfaits de Marie !
Dites à l'envi, tour à tour,
Et sa puissance et son amour !

### CHOEUR.

O toi, que l'on bénit du couchant à l'aurore !
Entends nos voix, reçois nos cœurs. .
Et que le Ciel nous aide encore,
*Vierge célèbre*, à louer tes grandeurs ! (*bis*)

## II

Au premier jour, elle est montrée
Sous l'image de la nuée (1)

(1) Rorate, Cœli, desuper, et nubes pluant justum. Is. 45  8.

Qui doit heureusement pleuvoir
Et notre amour et notre espoir !
   O toi , etc.

## III

En s'écoulant, chaque âge appelle
La Vierge pure , humble et fidèle...
« Seigneur, fais descendre sur nous
« L'aurore du jour le plus doux ! »
   O toi , etc.

## IV

Enfin elle apparaît Marie !...
Nouvelle Ève, à jamais bénie !
Bientôt son empire puissant
Écrasera l'ancien serpent. (1)
   O toi, etc.

## V

En vain voudra notre humble Mère
Aux honneurs toujours se soustraire ;
A ses grandeurs, à ses vertus,
Tous les cœurs paîront leurs tributs !
   O toi , etc.

(1) Ipsa conteret caput tuum. Gen. 3. 15.

La faible enfance, la jeunesse,
Et l'âge mûr et la vieillesse,
Près d'elle trouveront toujours
Douce paix et puissant secours !
  O toi, etc.

## VI

A tous les cœurs, à tous les âges,
Unissons nos tendres hommages ;
Et que nos chants de chaque jour
Redisent à Marie : Amour !

O toi que l'on bénit du couchant à l'aurore !
Entends nos voix, reçois nos cœurs...
Et que le Ciel nous aide encore
*Vierge célèbre*, à louer tes grandeurs ! ! (*bis.*)

# 18

# Virgo Prudentissima.

## I

Exilé loin de ma patrie,
Étranger dans ces tristes lieux,
Permets, ô divine Marie,
Que vers toi je lève les yeux !
Privé d'appui... sans assurance...
J'invoque ton puissant secours !...
O toi, *mère de la Prudence!*
Veille sur chacun de mes jours !... } *bis.*

## II

O divine Mère ! ô Marie !
Autrefois, pendant quelques jours,
Tu traversas aussi la vie,
Si difficile dans son cours !...

Conduis ma barque chancelante  
Sur des flots toujours orageux...  
Près de toi, *Vierge très-prudente* !  
Il n'est plus d'écueils dangereux.    } *bis.*

### III

Ta vie, on la nomme un mystère  
De paix, d'innocence et d'amour ;  
A ton passage sur la terre,  
Tu faisais le bien chaque jour ;  
Et moi, je ne suis qu'inconstance,  
Je m'égare à tous les moments....  
Sainte *mère de la Prudence*,  
Assure mes pas chancelants !    } *bis.*

### IV

Le monde me vante sans cesse  
Ses biens, ses plaisirs, ses honneurs ;  
Il me sollicite, il me presse  
De prendre part à ses douceurs ;  
Peut-il avoir ma confiance ?...  
Peut-il me donner le bonheur ?...  
O toi, *mère de la Prudence*  
Éclaire et dirige mon cœur !...    } *bis.*

# 19

# Speculum Justitiæ.

## I

O vous qui fuyez l'artifice,
Vous qui cherchez la vérité,
Venez au *Miroir de justice*
En voir, l'éclat et la beauté !
Là se peint la vivante image
Des vertus sublimes des Cieux...
Là se fait entendre un langage
Tout divin, tout mystérieux !  } *bis.*

## II

O Dieu ! quelle glace assez pure
Peut réfléchir tes divins traits !
Quelle est l'heureuse créature
Qui reproduira tes attraits ?...

C'est toi, beau *lis de la vallée*! (1)
C'est toi, modeste *fleur des champs*! (2)
Toi seule, ô *fontaine scellée*! (3)
Sainte *arche des deux testaments*!...  } *bis.*

### III

Allons à ce *Miroir fidèle*,
Nous étudier chaque jour ;
Reflétons en nous ce modèle
Par la connaissance et l'amour !
Cœurs contrits, âmes désolées,
Là vous aurez un libre accès...
C'est là que *se sont embrassées* (4)
La *Justice* et *l'aimable P aix*.  } *bis.*

### IV

Marie ! ô chef-d'œuvre admirable
Des mains pures du Créateur !
Daigne te rendre favorable
Au vœu pressant de notre cœur :
A son ineffable origine
Ramène ce cœur égaré...
De la ressemblance divine
Retrace en lui le trait sacré !  } *bis.*

(1) Lilium convallium. CANT. 2.1.
(2) Flos campi. CANT. 2  1.
(3) Soror mea sponsa, hortus conclusus, fons signatus. CANT. 4. 12.
(4) Justitia et pax osculatæ sunt. Ps. 84. 11.

# 20

# Sedes Sapientiæ.

## I

Venez, enfants, écouter une Mère
Qui vous instruit du céleste séjour !
Prêtez l'oreille à sa voix tutélaire ;
Voici, pour vous, ses paroles d'amour :
    De la sagesse, (*bis*)
    Suivez les lois ;
    Dès la jeunesse,
    Faites-en l'heureux choix.

## II

*Je l'ai placée au-dessus des richesses,* (1)
*Des vains honneurs et des brillants plaisirs;*

(1) ... Et invocavi, et venit in me Spiritus Sapientiæ : et præposui illam regnis et sedibus, et divitias nihil esse duxi in comparatione illius.... Venerunt autem mihi omnia pariter cum illa, et innumerabilis honestas per manus illius, etc. Sap. 7. 7, 8, 11...

Elle a sur moi répandu ses largesses ;
Elle a comblé mes plus vastes désirs.

De la sagesse
J'ai fait le choix ;
Dès la jeunesse,
J'en ai chéri les lois.

### III

Apprenez-en l'ineffable origine (1),
Et comprenez sa sublime grandeur !
C'est la vapeur de la vertu divine !
Le miroir pur de sa vive splendeur !

De la sagesse
Suivez les lois ;
Dès la jeunesse,
Faites-en l'heureux choix.

### IV

Ils t'ont compris, tes enfants, ô Marie !
Tes doux accents ont entraîné leurs cœurs...
Dirige-les tous les jours de la vie
Dans les sentiers assurés du bonheur !

(1) ... Vapor est enim virtutis Dei, et emanatio quædam est claritatis omnipotentis Dei sincera.

... et speculum sine macula Dei majestatis, et imago bonitatis illius. Sap. 7, 25, 26.

De la sagesse

Tu fis le choix

Dès la jeunesse,

Ils en suivront les lois !


## V


Mère d'amour ! toi, de la *Sapience*

*Trône très-pur,* et Temple vénéré !

De tes enfants, bénis la confiance,

Bénis le vœu que leur cœur a formé :

Dans la sagesse

Fixe leur choix...

Que leur vieillesse

Respecte encor ses lois !

# Rosa Mystica.

## I

Un doux parfum monte de la vallée ;
Comme l'encens, il est digne des Cieux...
Quel souffle pur, quel soleil radieux,
Vient d'entr'ouvrir cette tige embaumée ? (*bis*)

## II

Salut à toi ! *Rose mystérieuse !*
*Rejeton* pur de la *Fleur de Jessé !*
L'Esprit d'amour lui-même a conservé
Dans le secret ta tige précieuse !...

## III

Mais, tu n'as fait qu'apparaitre à la terre,
Un air plus pur devait t'environner...

Et le Ciel voit ses beaux lis s'incliner
Devant la *Rose* autrefois solitaire !

## IV

Abaissons-nous aussi devant Marie,
Que son doux nom nous pénètre d'amour !
Pour l'honorer, unissons chaque jour
Nos faibles voix aux chants de la patrie !

⚬ 22 ⚬

# Turris Davidica.

### I

Le voyage de la vie
Nous offre mille combats...
L'homme absent de sa patrie
Les rencontre à chaque pas.

CHOEUR.

*Tour de David!* sur nous l'orage gronde...
Sois notre espoir, notre puissant secours !
Contre les traits de l'enfer et du monde,
Montre ta force et défends-nous toujours !... (*bis*)

### II

Bientôt après sa naissance,
L'enfant connaît la douleur...

De son aimable innocence
Satan veut ravir la fleur !

*Tour de David !* etc.

### III

Mais l'enfant près de sa mère,
Ignorait beaucoup de maux...
Pour lui s'ouvre une carrière
D'écueils, de périls nouveaux !...

*Tour de David !* etc.

### IV

Chaque saison de la vie
Compte des jours nébuleux...
Il n'est de parfaite harmonie
Que dans le séjour des Cieux !

*Tour de David !* etc.

### V

Le monde offre ses largesses
A nos trop fragiles cœurs...
Il nous promet ses richesses,
Ses plaisirs et ses honneurs...

*Tour de David !* etc.

## VI

Quand la dernière victoire
Devra fixer notre sort,
Guide nos pas à la gloire !
Soutiens-nous jusqu'à la mort !...

*Tour de David* ! sur nous l'orage gronde...
Sois notre espoir, notre puissant secours !
Contre les traits de l'enfer et du monde,
Montre ta force et défends-nous toujours !... (*bis*)

# Amour du Cœur de Marie.

## I

Aux vains bruits du monde étrangère,
Soustraite à tout regard mortel,
Marie en passant sur la terre
Ne vit que de l'amour du Ciel.

### CHOEUR.

Colombe fidèle !
Pourquoi languir dans ce séjour ?
Vole à tire-d'aile
Vers le royaume de l'amour !...

## II

La nuit, tandis qu'elle sommeille,
Dieu seul remplit son souvenir...

Le matin, dès qu'elle s'éveille,
Vers lui tend son premier soupir!...

Colombe fidèle! etc.


### III

Pendant le jour, elle contemple,
Adore, bénit l'Éternel...
L'univers pour elle est un temple,
Dont son cœur brûlant est l'autel!...

Colombe fidèle, etc.


### IV

Au travail comme à la prière,
Elle n'aspire qu'au Seigneur;
C'est sur ce divin exemplaire
Que toujours se forme son cœur!

Colombe fidèle, etc.


### V

Le spectacle de la nature
A chaque instant l'élève à Dieu,
Et la plus faible créature
L'aide à le bénir en tout lieu...

Colombe fidèle, etc.

## VI

L'oiseau recevant sa pâture,
Du Seigneur lui peint la bonté ;
Mais pour elle, sa nourriture
Est la divine volonté.....

> Colombe fidèle, etc.

## VII

A l'automne quand l'hirondelle
Émigre et fuit en d'autres lieux,
Avec ardeur Marie appelle
L'essor qui seul transporte aux cieux !...

> Colombe fidèle, etc.

## VIII

Ils vont se briser, ô Marie !
Les liens qui te font gémir...
L'amour seul anima ta vie...
L'amour seul te fera mourir !...

> Colombe fidèle,
> Marie, en quittant ce séjour,
> Vole à tire-d'aile
> Vers le royaume de l'amour !...

6.

# Grandeurs du Cœur de Marie.

## I

Esprit saint! feu sacré! j'implore ta lumère...
Ah! fais briller en moi la clarté d'un beau jour...
Pour révéler le cœur de ma divine mère,
    Aide à mon impuissant amour! (*bis.*)

## II

Mais comment de ce cœur dévoiler le mystère?
Le Dieu qui l'a formé, seul en sait les secrets...
Ah! trop faible mortel, n'est-il point téméraire
    D'oser parler de ses attraits? (*bis*)

## III

*Faisons l'homme*, avait dit la Trinité divine... (1)

(1) Et ait : Faciamus hominem ad imaginem et similitudinem nostram. Gen. 1. 26.

A son image auguste, alors, il est formé...
Mais, hélas! l'homme ingrat, de sa noble origine
    Avait bientôt dégénéré. (*bis*)


## IV

Ton amour, ô Seigneur! ta clémence infinie
Daigne lui préparer un divin Rédempteur ; (1)
Et ta bonté choisit une Vierge bénie
    Pour enfanter le Dieu Sauveur. (*bis*)


## V

Aussitôt l'Éternel, ô Vierge toujours pure !
Sur ton cœur fortuné jette un regard d'amour...
Et dans ce cœur béni, l'auteur de la nature
    Prépare à son Fils un séjour ! (*bis*)


## VI

Pour l'orner, l'embellir, la Trinité s'assemble!...
Le Père y met son sceau de force, de grandeur !
Le Verbe, l'Esprit-Saint l'enrichissent ensemble
    Et de sagesse et de douceur !... (*bis*)


(1) ... Deditque viro suo, qui comedit. Et aperti sunt oculi amborum. Gen. 3. 6, 7.

## VII

Le Dieu qui fit ce cœur, y prend sa complaisance ;
Il reconnaît enfin ses ineffables traits !...
Dans l'œuvre de ses mains, refleurit l'innocence...
     Justice ! ah ! suspends tes décrets... (*bis*)

## VIII

Il s'élève à nos yeux, l'auguste sanctuaire
Où doit se consommer le mystère d'amour...
*La Colombe mystique* apparait à la terre... (1)
     L'heureuse paix est de retour ! (*bis*)

## IX

De ce temple sacré daigne, ô douce Marie !
Révéler à mes yeux la gloire, la beauté...
Découvre, ô tendre Mère, à mon âme ravie
     Un rayon de sa majesté ! (*bis*)

## X

Qu'il est grand, qu'il est pur l'humble cœur de ma Mère !...
Qui peut en dévoiler les charmes, les douceurs ?...
Mon amour veut en vain le montrer à la terre,
     Le Ciel seul connaît ses grandeurs !... (*bis*)

(1) ... Et emisit columbam, quæ non est reversa ultra ad eum. Gen. 8. 12.

—◦ 25 ◦—

# Stella Matutina.

## I

Toi, qui fus la douce aurore (1)
Du plus radieux des jours,
Et qui dois charmer encore
Le soir des temps par ton cours!

CHOEUR.

Tendre Marie!
*Belle Étoile du matin!*
Conduis-nous dans le chemin
De l'heureuse patrie.

} *bis.*

## II

Dans la pénible carrière

(1) Ab initio et ante sæcula creata sum, et usque ad futurum sæculum non desinam, etc. Eccl. 24, 14.

Que je parcours en ces lieux,
Qu'elle est douce la lumière
Qui vient briller à mes yeux !

Tendre Marie ! etc.

### III

Le monde offre à ma jeunesse
Un sentier semé de fleurs...
Il promet à ma faiblesse
Ses dangereuses douceurs...

Tendre Marie ! etc.

### IV

Fais-moi *mépriser les fables*
*Que racontent les méchants !* (1)
Et de leurs fêtes coupables
Détourne mes jeunes ans.

Tendre Marie !  etc.

### V

O vous, qu'une folle ivresse (2)
Conduit d'erreur en erreur,

(1) Narraverunt mihi iniqui fabulationes, etc. Ps. 118. 85.
(2) Dixerunt enim cogitantes apud se non recte.... Venite ergo,
et fruamur bonis quæ sunt, et utamur creatura tanquam in juven-
tute celeriter, etc. Sap. 2, 1, 6.

Apprenez de la sagesse
Où se trouve le bonheur.

Tendre Marie!
*Belle étoile du matin!*
Conduis-nous dans le chemin
De l'heureuse patrie!

} *bis.*

# Turris Eburnea.

## I

Quel est ce monument antique
Où respire la majesté?
Son éclat pur et magnifique
N'a rien perdu de sa beauté!
Du temps l'inévitable injure
N'essaya point de l'altérer,
Le Dieu puissant de la nature
Prenait soin de le conserver!

CHOEUR.

O *Tour d'ivoire*! ô divine Marie!
Tu réunis la force et la douceur...
Sous ton rempart vient s'abriter ma vie..
Protége-la... sauve mon faible cœur!

## II

En vain la foudre menaçante
Éclate, et veut le renverser.....
A ses pieds, la vague écumante
Ne mugit que pour expirer.....,
O mystérieux *édifice* !
Plus fort que tous les éléments.....
Honneur à la main créatrice
Qui sut poser tes fondements !!

O *Tour d'ivoire* ! o divine Marie! etc.

## III

Dans cet asile inexpugnable
Heureux qui sait se retirer !
Quel péril serait redoutable?
Où Dieu même daigne habiter !...
De l'enfer la haine et l'envie
Voudraient en vain se déchaîner.....
Contre le pouvoir de Marie
Ils viendront toujours se briser !

O *Tour d'ivoire* ! ô divine Marie!
Tu réunis la force et la douceur...
Sous ton rempart, vient s'abriter ma vie...
Protége -la ! sauve mon faible cœur !

# 27

# Domus Aurea.

## I

Ah! qu'elle est belle, Marie!
L'or pur forme son vêtement...
De ses ornements l'harmonie
En relève l'éclat brillant! (1)
Mais ce n'est là qu'une étincelle
Des beautés que son cœur révèle!...
 Marie! ah! qu'elle est belle! (*ter*)

## II

Ah! qu'elle est tendre, Marie!
D'amour son cœur fut consumé...

(1) Astitit Regina a dextris tuis in vestitu deaurato, circumdata varietate. Ps. 44, 10.

A tous les instants de sa vie,
Elle a béni,.souffert, aimé !...
Elle nous permet de prétendre
Aux doux biens qu'elle sait répandre...

    Marie ! ah! qu'elle est tendre ! (*ter*)

## III

Ah ! qu'elle est bonne, Marie !
C'est le secours des malheureux.....
Elle anime, elle fortifie,
Dans les maux les plus douloureux !
Que son nom doucement résonne
A l'enfant qui s'y abandonne !...

    Marie ! ah ! qu'elle est bonne ! (*ter*)

## IV

Ah ! qu'elle est pure, Marie !
Que ravissante est sa blancheur !...
Dans son âme, toujours bénie,
On ne voit qu'amour et candeur !
Sa pudeur, céleste parure,
Ne reçut point de flétrissure... (1)

    Marie ! ah qu'elle est pure ! (*ter*)

(1) Tota pulchra es, amica mea, et macula non est in te. CANT. 4. 7.

## V

Ah ! qu'elle est douce, Marie !
Approchez-la, petits enfants.....
Comme Jésus, sa main chérie
Bénira vos pas innocents ! (1)
Cette main jamais ne repousse...
Près d'elle, chaque trait s'émousse...

Marie ! ah ! qu'elle est douce ! (*ter*)

## VI

Ah ! qu'elle est grande, Marie !
Que son empire est glorieux !...
Toute la terre la publie
Souveraine auguste des Cieux !!
Au Sauveur quand elle demande,
C'est une mère qui commande...

Marie ! ah qu'elle est grande !

(1) Sinite pueros venire ad me, et nolite vetare eos. S. Luc 18. 16.

# 28

# Janua Cœli.

## I

Qu'il est pénible et long l'exil de cette vie !...
D'écueils et de périls, partout, il est semé...
O toi ! Rayon d'amour qui mène à la patrie !
Douce *porte du Ciel*, ouvre au pauvre *exilé* !

*bis.*

## II

En vain de cet exil on me vante les charmes...
Seigneur, en peut-il être où tu nous es voilé ?...
O toi, Rayon d'amour qui sais tarir les larmes !
Douce *Porte du Ciel*, ouvre au pauvre *exilé* !

*bis.*

## III

Il n'est point de plaisir sur la plage étrangère...
Il n'est point de bonheur... il n'est point de beauté...

7.

O toi ! Rayon d'amour qui console la terre !
Douce *Porte du Ciel*, ouvre au pauvre *exilé !*  } *bis.*


## IV

Loin  de mon sol natal, arbrisseau sans culture,
De l'astre bienfaisant, hélas ! je suis privé...
O toi, Rayon d'amour, espoir de la nature !
Douce *Porte du Ciel*, ouvre au  pauvre *exilé !*  } *bis.*


## V

Bientôt, Jérusalem, ô ma chère patrie,
Ta beauté, ton éclat me  sera dévoilé...
O toi ! Rayon d'amour, viens consumer ma vie !
Douce *Porte du Ciel*, ouvre au pauvre *exilé !*  } *bis.*

# Regina Martyrum.

## I

Au souvenir du Calvaire,
Mon âme, répands des pleurs !...
Mêle aux larmes d'une Mère
Tes regrets et tes douleurs...
Contemple dans le silence...
Recueille tous ses soupirs...
Admire l'humble constance
De la *Reine des Martyrs !* } *bis.*

## II

C'est pour effacer mon crime
Que s'immole sous ses yeux

Ce Fils, unique victime, (1)
Digne d'apaiser les Cieux !...
De ma Mère la tristesse
Est le fruit de mes plaisirs...
Oh ! pardonne à ma faiblesse,
Sainte *Reine des Martyrs* !   } *bis.*

## III

Tes yeux purs, mouillés de larmes,
Me révèlent ta douleur...
Ils me reprochent les charmes
Que je goûtai dans l'erreur !
D'un cœur, trop longtemps rebelle,
Comprends les humbles désirs...
Tu peux le rendre fidèle,
Sainte *Reine des Martyrs !*   } *(bis).*

## IV

Sur les fautes de ma vie
Je ne veux plus que gémir...
Comme toi, tendre Marie,
Puissé-je aimer et souffrir !

(1) Holocaustomata pro peccato non tibi placuerunt. Tunc dixi :
Ecce venio. S. Paul. ad Hebræos 10. 6, 7

Puissent ma douleur amère,
Mes larmes et mes soupirs,
Consoler ton cœur de mère,
*Reine auguste des Martyrs !*   } *bis.*

# Regina Virginum.

## I

Entends, ma fille, et demeure attentive... (1)
Laisse le monde aux plaisirs séducteurs !
L'amour divin a bien d'autres douceurs....
Sois aujourd'hui son heureuse captive !

## II

Viens, ma colombe, ah ! viens, ma bien-aimée ! (2)
Toi,  dont les yeux respirent la candeur..... (3)

(1) Audi, filia, et vide, et inclina aurem tuam ; et obliviscere po-
pulum  tuum et domum patris tui ; et concupiscet Rex decorem
tuum, etc. Ps. 44. 11, 12.
(2) Surge, propera, columba mea, amica mea, formosa mea, et
veni. Cant. 2. 10.
(3) Oculi tui columbarum, etc. Cant 4. 1.

Ta douce voix a pénétré mon cœur .. (1)

Viens, hâte-toi ! tu seras couronnée !..... (2)

## III

Pourquoi cacher ton modeste visage, (3)

Tes nobles traits, ta céleste beauté ?

Sur ce front pur, qu'orne la vérité,

Du Dieu d'amour on reconnaît l'image !

## IV

Comme le lis que l'épine environne,  (4)

Ainsi Marie a gardé sa blancheur !...

Et nous, aussi, gardons pur notre cœur.

Pour obtenir des vierges la couronne !

## V

Gloire à Marie !... Au Ciel, en souveraine,

Elle a chanté le *cantique nouveau*,

Qu'avec amour, à côté de l'*Agneau*,

Répéteront les *Vierges* et *leur Reine?*... (5)

---

(1) Vox enim tua dulcis. CANT. 2. 14.

(2) Veni..... coronaberis. CANT. 4. 8.

(3) .....Ostendi mihi faciem tuam. CANT. 2. 14.

(4) Sicut lilium inter spinas, sic amica mea inter filias. CANT. 2. 2.

(5) ...Virgines enim sunt : hi sequuntur Agnum quocumque ierit, etc. APOC. 14. 4.

# Pèlerinage à Marie.

**CHŒUR.**

Au sanctuaire de Marie,
Heureux qui sait trouver la paix et le bonheur !
Heureux qui s'abandonne à l'appui protecteur,
De la mère la plus chérie!... (*bis*)

## I

Voyez cet orphelin, avant l'aube du jour,
Poursuivre tristement le sentier solitaire...
A l'autel de la Vierge il va chercher la mère
Que réclame l'enfance, et qu'appelle l'amour !

Au sanctuaire de Marie, etc.

## II

Plus loin, c'est un vieillard infirme, à cheveux blancs,
Qui monte lentement vers la sainte chapelle ;

Il vient remettre aux soins de la Vierge fidèle
Et le soin de sa vie et ses petits enfants.

    Au sanctuaire de Marie, etc.

### III

Cette veuve affligée, elle a séché ses pleurs ;
On la voyait gémir sur une mort cruelle.....
A l'autel vénéré, l'espérance immortelle
Releva son courage et calma ses douleurs !

    Au sanctuaire de Marie, etc.

### IV

Et toi, brave marin, que les flots orageux
Ont exposé souvent aux dangers d'un naufrage,
Dis-nous qui protégea ton périlleux voyage ? —
—'La Madone bénie à qui j'offrais mes vœux.

    Au sanctuaire de Marie, etc.

### V

Près du portique saint, conduit avec effort,
Un pauvre infortuné perclus, sans espérance,
A recouvré la joie et laissé la souffrance.....
La Mère du Sauveur a désarmé la mort !

    Au sanctuaire de Marie, etc.

## VI

Auprès de ses autels, allons toujours puiser
Les grâces, les bienfaits, marques de sa puissance...
Que les gages sacrés de la reconnaissance
Éternisent l'amour qu'elle sait inspirer !

Au sanctuaire de Marie,
Heureux qui sait trouver la paix et le bonheur !
Heureux qui s'abandonne à l'appui protecteur
De la mère la plus chérie !... (*bis*)

—❧ 32 ❧—

# Couronnement de Marie.

CHŒUR.

Prosternez-vous, saintes Phalanges !
Votre Reine a franchi les portiques des Cieux...
Prosternez-vous, chœurs glorieux...
Chantez, exaltez ses louanges !
Prosternez-vous
A ses genoux !...

I

Enfin, elle a sonné pour cette auguste Mère
L'heure où vont triompher ses vertus, son amour...

La mort n'a qu'un instant assoupi sa paupière...
Déjà brille à ses yeux la clarté d'un beau jour !

Prosternez-vous, etc.

## II

De son Fils bien-aimé les apôtres fidèles
Dans l'horreur du tombeau la chercheront en vain...
Les anges du Seigneur la portent sur leurs ailes
Auprès du Dieu d'amour que renferma son sein !

Prosternez-vous, etc.

## III

Quel éclat, quelle gloire aujourd'hui l'environne (1)
*Les rayons du soleil forment son vêtement...*
*Les étoiles des Cieux, sa royale couronne...*
*Et la lune à ses pieds se dessine humblement !...*

Prosternez-vous, etc.

## IV

Le Ciel contemple alors le prodige admirable (2)
Que vit dans son exil l'apôtre bien-aimé...

(1) Mulier amicta sole, et luna sub pedibus ejus, et in capite ejus
corona stellarum duodecim. Apoc. 12. 1.
(2) Et signum magnum apparuit in cœlo. Apoc. 12. 1.

Il exalte, grand Dieu, ta sagesse adorable !
Et le nom de Marie est partout proclamé !

Prosternez-vous, etc.


## V


Que la terre d'exil, aux chants de la patrie,
Unisse avec transport ses accents en ce jour...
Et que tout l'univers, pour célébrer Marie,
Ne forme qu'une voix et n'ait qu'un même amour ! !

Prosternez-vous, etc.

# TABLE

## DES 32 CANTIQUES COMPOSANT CET OUVRAGE.

FIN DE LA TABLE.

Corbeil, imprimerie de Crété.

9 782329 096582